零零落落

黃春明詩集

精裝版限定一千部
本書第 **0223** 冊

零零落落
黃春明詩集

獻給在星空中的母親

目次

自序

本詩集訂名「零零落落」，其實是怕人指指點點挨批，只好先不打自招。

台灣詩壇詩人眾多，名詩人有如中央山脈的稜峰，頂天立地讓人敬仰。過去我除了寫一點小說之外，也很想寫一點詩。其實在年輕的時候，所謂的文藝年齡，在閱讀方面欣賞新詩，創作上也試圖碰碰。但是出過詩集的同事，說我的詩太白了，不像詩。太白了？確實是太白了，像寫小說。看來看去，唉！總覺得跟不上人家。可能自己懂得文詞字眼不夠，不容易寫得像大部分詩人的詩句，深入幽美境地，而停佇平白原地踏步。不信邪的自己，往後又認識了幾位辦詩刊的大詩人，說我的詩倒是有點趣味，可惜太白了；還是老話。受到這般的指教之後，我只好回去抱我的小說。詩嘛，只有暗戀了。

人的情字，是一根無形的絲；對了，就是一般人說的情絲，只要你不放棄，或是剪斷，情絲自然綿綿牽引不斷。有一天，小孩子從學校帶回來的一份舊《國語日報》，我隨便拿起來翻翻，觸及林良老師的童詩時，眼睛一亮，我看到寫得太白了的詩句，我寫詩的心又活起來了；我和詩算是有緣分。我試著用小孩的想像世界；說真的，小孩的想像空間，不但比成人大，無限的大，大到什麼都可能。我即刻就想到某個月夜，我帶剛學會走路的么兒，在地面上踩著影子玩。累了，他停下來仰頭看月亮，想了想，他終於知道月亮和影子有關係。小孩有點激動，他說月亮會跟著他走！我故作糊塗表示懷疑。這時剛好有一棟房子就在我們前頭，我要他過去這棟房子的另一頭看看，如果你在那一頭看到月亮，我才相信月亮會跟著你走。他搖搖顛簸跑到那一頭，他抬頭，好像被嚇著了似的指著天上叫：

「爸爸！月亮在這裡等我。」

我走過去，裝著驚異問他，月亮為什麼會跟著你走？他稍微想了一下，說月亮是他的朋友。我裝傻裝到底，問他月亮怎麼可能是你的朋友？

「因為我給她星星、給她白雲啊！」

就以他一起賞月的遊戲經驗，我寫了敢拿出來的一首詩〈因為我是小孩〉：

我在地上
月亮在天上
我走，月亮跟著我走
我停，月亮也跟著我停
我退後一步
月亮也跟著我退後一步

你知道為什麼嗎？
因為我是小孩
月亮是我的好朋友

我給她星星

我給她一朵一朵的白雲

我多多少少終於有點信心，當詩興來潮，舉筆弄墨，乘寫短篇小說的關係，認識各報副刊編輯先生小姐，自然就拿出太白了的拙作詩篇請教他們，恰好他們都是頂頂有名的詩人。我把我的詩混在書信中討教時，《聯副》，《人間》都把我太白的詩刊登出來，不信再試，雖然沒有百發百中，大部分都面世了，信心百出。有一次，投了一首詩給悶了一陣子；那是龍年一過迎蛇年，我寫了〈一條絕句〉：

相對於龍

蛇是一條絕句

冰潔、精鍊、現代

死不添足

而龍
你說呢？

因為我把冰潔的潔字，寫成契約的契字。陳義芝先生他沒退稿也沒刊登。有一次同往花蓮東華大學的途中，他很客氣的問及冰契是什麼意思？看他有多客氣，他相信詩人用詞遣字，一定有詩人的看法，但他只懷疑自己解不開冰契的意思。看，我多有福氣，遇到好老師，之後我興趣一來就寫詩。

至於詩集的書名，為什麼叫做「零零落落」？

我們做為詩的讀者，我們拜讀詩人大作的詩集，都有他的主題，他的中心思想，集子裡面的詩隨著詩人的思想哲理，有系統地一首一首，燦燦爛爛地展開。我的詩集，也是第一本詩集，我沒有什麼中心思想，沒有共同的主題。借個比喻，詩集裡面的詩，不管長短，它們有如天上的星星，有亮的，有淡淡的，有近有遠，各自獨立。所以看起來就是零零落落，如是之故，不打自招，把這本詩集的書名叫做：《零零落落》。末尾還得向陳義芝、楊澤致最高的敬意，也請零零落落的讀者朋友多多指教。

老朽春明　致敬

零零落落

黃春明 詩集

仰望著

那一個小孩仰望著
他仰望到帽子往後頭掉
他還是仰望著
仰望密々麻々的
星空

媽々曾經告訴他
地上死了一個人
天上就多出一顆星
爸々笑他是一個傻孩子
那麼愛看天上的星星

那孩子在心裡焦慮地叫

媽々——！

您到底是那一顆？

媽々——！

因為我是小孩

我在地上
月亮在天上
我走，月亮跟著我走
我停，月亮也跟著我停
我退後一步
月亮也跟著我退後一步

你知道為什麼嗎？
因為我是小孩
月亮是我的好朋友
我給她星星
我給她一朵一朵的白雲

我要當大鳥

我不要當小鳥
小鳥要吃蟲蟲
我要當大鳥
大鳥吃魚
吃得身体壯壯
翅膀棒棒

我當了大鳥
我要飛过高山
我要飛越海洋
我要飛到很遠很遠
很遠的地方

說一聲早

我早睡睡得飽
早起身体好心情好
見了誰就向誰
說一聲早

太陽公公早
小鳥大鳥早
爺爺奶奶還有媽媽早
送報先生早
賣豆腐叔叔早
星期天早
爸爸還在睡懶覺
今天我就不想向他
說一聲早

一群小星星的秘密

一群小星星
乘夜溜到田野悠遊流竄
小星星的母親、還有東西南北
四方天門的親戚朋友
他們掃除了雲霧
把眼睛睜得晶亮
不停地眨巴眼望穿夜空探地
尋找呼喚
呼喚小星星快快回家

哈！
其實只有小朋友和李白他們才知道
地面上的……
我說呢還是不說？
你的耳朵借過來：
「地面上的螢火蟲就是
那一群貪玩的小星星。」

四季

春天遇見夏天
伸手握住夏天的手說
你的手好綠哪！
夏天遇見秋天
伸手握住秋天的手說
你的手好紅啊！
秋天遇見冬天
伸手握住冬天的手說
你的手好冷呃！
冬天遇見春天
伸手握住春天的手說
你的手好暖哪！

停電

晚上
小精靈跑到台電把電源關了
黑暗張開他超大的大嘴巴
一口就把所有看得見的東西吞到肚子裡

天睜開滿天的小眼睛
找啊找地什么都沒看到
眨眨眼還是什么都找不著

頑皮的小精靈又把電源打開
黑暗嚇了一大跳
把剛剛才吞進肚子裡的東西
我的家人和貓咪

还有还有
最討厭的家教老師
全吐出來還給眼睛

放風箏真有趣

一團線，一丈天
兩團線，兩丈天
再接一團 放到天外天
天外天 風真大
風箏一點也不怕
我在地上拉著它
它在天上拉著我
到底是我在放風箏
還是風箏在 放我

我仰頭看風箏
風箏低頭俯看我
我看到天
風箏看到地
放風箏真有趣

夜幕

那一天風很大
一陣強風捲走了我的風箏
我上山去、找、找到黃昏
我在山頂上遇到夕陽
夕陽說時候不早要我幫個忙
他拉西邊要我拉東邊
我們一起把夜幕拉到底
沒想到才隔一天
夜幕被秋蟲咬破了數不清的小洞洞

第二天我又去山上找風箏
找到黃昏 又遇到夕陽
夕陽說 時候到了再幫個忙
他拉西邊 我拉東邊
我們一起把夜幕拉到底
沒想到這一天
夜幕粘了一圈一圈
一堆一堆的蠶繭

第三天的黃昏
我又上山 但我不再找風箏
我和夕陽又見面

夕陽說怎么做我都知道了
我想換個邊
夕陽不答應
我們一起把夜幕拉到底
沒想到
月娘把蟲繭捻成紗
把數不盡的小洞々全都給補起來了

澆水

我替玫瑰花澆水
春天她開花向我謝々

我替老榕樹澆水
夏天她撐一把大陽傘
邀我進去乘涼

我替蘋果樹澆水
秋天她結了一個紅蘋果
咚々！打在牛頓的頭頂上

我替大白菜澆水
冬天她在火鍋裡
帶給我們全家營養和溫暖

熱帶魚和蝴蝶

熱帶魚是水中的蝴蝶
蝴蝶是空氣中的熱帶魚
熱帶魚和蝴蝶啊
要怎麼辦你們才能一起遊戲
熱帶魚，你想一想
蝴蝶，你想一想
我也來想一想

我家天天都在開畫展

我家樓上樓下
大大小小總共有十二個門窗
從裡往外看
每一個門窗都是一幅畫
並且隨著時間 隨著天候
隨時都在變化
但是我們展的不僅是風景畫
有些常有人經過
當路人探頭 它就變成人物畫
有時貓走過窗外的牆
小鳥在院子裡的樹梢
蝴蝶也常在窗口飛舞

我家樓上樓下
大大小小總共有十二個門窗
那就是我的畫廊
我們每天都在開畫展

给小樟樹的話

小樟仔，你且不要難过
你一身的香味
雖然招不來蜂引不來蝶
也誘不到各種各樣的昆蟲
但至少白蟻和蛀蟲
就不敢靠近你半步

小樟仔，你要高興才對
你一身的香味
衣櫃裡不能沒有你
洗手間不能沒有你
昏昏欲睡的瞌睡蟲怕你
你的祖先的香味香遍全世界

小樟仔，你要感到光榮
一百多年前全世界的人
聞到你祖先的這股香味
紛紛從世界各地開著大船
航向福爾摩沙
台灣也因為你們樟樹聞名於世

小樟仔，再告訴你一件趣事
台灣有成千上萬的廟宇寺院
裡面所供奉的各方神明菩薩
祂們有土地公、濟公菩薩、三界公、
關帝君、岳帝爺、開漳聖爺、

媽祖婆、城隍爺、
齊天大聖孫悟空菩薩、
天蓬元帥豬八戒菩薩、
還有還有……
三太子李哪吒
祂們的金身全都是用樟木彫成
小樟仔，這為什么你知道？
你不要樟嘴
祂們很厲害沒錯
要是祂們的金身用別的樹材
腐朽了，爛了
這要怎么對所有善男信女交代
記住！用樟木彫成的神明菩薩
白蟻和蛀蟲一死也不敢靠近

小樟仔，你要身為樟樹為傲
以前我們生活中的許多用具
都是樟木做成的
印度詩人泰戈爾有一句名言：

斧頭向樹要柄
樹給了它

這是何等偉大的犧牲奉獻

小樟仔，
你現在立地在宜蘭高中校園
一年四季陪宜高同學一起做功課
你的努力在此擁有茂盛的華蓋
一片樹蔭的成就和功德
將成為宜高學子的好榜樣

現代哪吒

傳說哪吒腳踩風火輪
現代哪吒腳踩直排輪
雖然年小
音樂、美術、体育、寫作
科技電腦樣樣精
女兒身?
什麼時代了,誰說不行!
看招!
三頭六臂
變身——!

有一個小孩

村野裡
有個小孩光著屁股
手抓著小咕咕
站在那裡唱歌
他隨意地唱：
我看到、我看到、我看到了
我有地——
地有樹——
樹有鳥——
鳥有歌——
歌有我——
我有地——

地有……
歌繞著小孩
小孩繞著歌
他們纏在一起玩
聽著聽著
這個世界好像只剩下
那個小孩站在那裡唱歌

月夜的喜劇

都是因為爭著想抱
雲朵失手抱掉了月亮
直落落水塘

不料
月亮竟輕的擊不出水響
也濺不起水花
水塘破了
月亮也碎了
唉！李白何苦
後頭趕上來的雲朵
把漂浮在水塘裡的歲月
統々撈回天上

回鄉下探病

爺々靜々地躺在病床上
陽光用金紗編織 一張蚊帳
輕々地罩在爺々的四方
點滴像晨間露珠
一滴一滴的，又像時間
一滴一滴的滴進爺々的血管裡
許久，爺々瞇々地睜開眼睛
我靠近他叫了一聲「阿公」
爺々有氣無力的笑著說我真乖

在回家的火車上
我才突然想起
這一次爺々竟然沒問我
問我小鴨々有沒有長大

「我有恐龍多好

我有恐龍多好
我騎恐龍上學校
路上的行人汽車都跑掉
到了學校
訓導主任叫都不敢叫
校長遠遠看到我揮手笑一笑
看，「我有恐龍多好

我有恐龍多好
我騎恐龍上學校

路上的同學
要搭我的恐龍一起上學校
哼！那我要看看
那一位同學對我最好
看，我有恐龍多好

原來如此

北風不習慣華爾滋的扭捏
掃落滿地的樹葉
趕走飛禽走獸
留下無數牠們的足跡

小孩樹下仰首
透天閱讀地球的肺臟
動脈靜脈左右參差
微血管交錯成網

小孩領悟驚嘆……
啊！我知道了
原來如此

茄子

她是一個沒有信心的茄子
頭一次從鏡子裡看到自己
嚇了一跳
從此她就不再照鏡子

她想小孩子都不喜歡她
她好想好想好想
好想變成小孩子喜歡的
蘋果、西瓜或是香蕉

她想改變她的体形和膚色
她想讓自己變成蘋果或是西瓜
可是這和她原來的樣樣差很大

整成香蕉還差不多
她找啊找探聽到一個神醫
她花了大錢
她忍痛那要命的整形手術
她終於變成香蕉

她很高興地回到家
可惜的是她所認識的親朋好友
沒有一個認識她
她聲淚俱下，大聲叫著：

我是茄子——！
我是你們的茄子——！

釣魚

河裡面的魚真傻
我把蚯蚓勾在魚勾上
魚兒竟然把牠當著山珍海味吞
為什麼不想一想
土裡的蚯蚓怎麼會跑到水裡來

太陽快下山了
我和爸爸一條魚也都沒釣到

哎呀！
我在腦子裡笑牠們的話
全被聽到

黑夜

傍晚
一隻黑貓被拋出屋外
那一瞬間，那一團黑濃得
　一直擴展
　一直膨脹
把這一天的日曆渲染成黑頁
晨風翻，翻，翻開了下一頁
黑夜逐漸地濃縮
縮成一隻黑貓
趴在門口睡著了

我是風

我是風
我走進廚房
偷偷地吻了媽媽一下
不小心碰亂了媽媽的頭髮
媽媽輕輕地把頭往後一甩
頭髮又恢復了它的原狀

我是風
我悄悄地走過熟睡了的妹妹的床邊
留下了一片紅葉
告訴她小哥哥來探過妳了

我是風
深夜裡 我在陽台找到妹妹
我想吻乾她失戀的眼淚
可是我用喝都來不及喝乾
唉！失戀一定是那裡很痛的吧

我是風
我幫弟弟把風箏送上天
弟弟沒把線抓牢
我把風箏送到天邊
弟弟哭了
我笑了

我是風
爸爸又要抽煙
我吹熄了他的火
一次一次又一次
爸爸看看打火機搖一搖
以為打火機壞了

我是風
奶奶要燒香拜拜
拿起爸爸扔在一旁的打火機
爸爸來不及說打火機壞了
奶奶已經把香點著了

我是風
爺爺坐在籐椅覺得很無聊
我吹拂他幾下
他就打起瞌睡無聊就走了
口水也隨著垂滴下來
我是風
我到我的房間
翻翻我的集郵本子
摸摸我的棒球手套
媽媽紅著眼眶對弟弟說
沒事不要亂翻哥哥的東西
唉！我是風

父親慢走

就是那么自然的叫人驚怕
父親撒手從加護病房站起來
他的影子拖得很長
縱然夕陽卡在那山頭
影子也必須一直走
走到咿嘟哀莫咿嘟去
哎唷縮成一個小黑點
靜々地消失在暗黑深處
星光一滴一滴地滴落來

又滴落來
星光咿嘟丟丟銅仔咿嘟
一滴一滴地滴落來
又滴落來
哀莫咿嘟丟
哀莫咿嘟丟哨——

蘭陽搖籃曲

嬰仔嬰々睏，一暝大一寸
孩子，蘭陽的孩子
如果這片扇形的平原
容不下你欠身
那你就出去吧
嬰仔嬰々惜，一暝大一尺
心肝寶貝的孩子
如果壯圍和五結鄉的米倉
仍然叫你分不到一杯羹
那你就出去吧

嬰仔嬰々睏，……
乖孩子
如果從大里到南澳的漁岸
還是讓你終日顛簸徒勞
那你就出去吧
嬰仔嬰々惜，……
唉！蘭陽的孩子
即使你是男盜女娼
任何事情總是有它的理由
只要你不忘記你是蘭陽的孩子
沒有衣錦，沒有榮耀
累了，想家
那你就回來吧

蘭陽的孩子

嬰仔嬰々睏，一暝大一寸

嬰仔嬰々惜，一暝大一尺

龜山島

龜山島
每當蘭陽的孩子搭火車出外
當他從車窗望見你
他總是分不清空氣中的哀愁
到底是你的，或是
他的

龜山島
蘭陽的孩子在外鄉
多夢是他失眠的原因
他夢見濁水溪
他夢見颱風 波蜜拉、貝絲
他夢見你，龜山島

外鄉的醫生教他數羊
一隻羊、兩隻羊、三隻羊
四隻濁水溪
五隻颱風
六隻龜山島

龜山島
每當蘭陽的孩子搭火車回來
當他從車窗望見你時
他總是分不清空氣中的喜悅
到底是你的，或是
他的

濁水溪

濁水溪
我还沒見过你之前
你就從我爺爺的嘴巴流進我的耳朵
然而，好多个村莊
好多好多的豬隻和鸡鴨牛羊
好多叫天，叫孩子，叫救命的尖叫声
還有好多的水鬼
全都卡在我的心底

濁水溪
我長大之後跨过你離鄉遠去
當我想起家鄉想起你
卡在心底的都浮醒过來

串成一串々的故事
從我的口中流進
在異鄉出生的孩子的耳朵裡
他們時常將這些故事
在夢中驚叫，也
在夢中微笑
我知道他們為什么驚叫
但我不知道他們為什么微笑

菅芒花

每一年的這一天，菅芒花
總不會忘記來 打掃天空
白天
菅芒花站在水边
把天空掃得藍藍的
菅芒花墊腳山巔
把天空掃得高高的
然後把這掃得
藍藍又高高的天空
取個名字叫
秋天

夜晚
菅芒花、站在水边
把星々撢得亮々的
菅芒花墊腳山巔
把星々撢得遠々的
然後把這撢得
亮々又遠々的星々
取個名字叫
星空

老農夫
把掃過天空撢過星々的菅芒花
編成一把一把的掃把
帶到城裡叫賣

當圍觀婦女表示懷疑
老農夫就叫她們抬頭看々
天

帶父親回家

替老人家扣了安全帶，他沒說太緊
我們深深潛入月光開車沿著濱海
我是鮭魚
骨灰罈子裡的父親他也是鮭魚
我們一道游向宜蘭老家歸去
每遇到大轉彎就覺得父親要離我遠去
我側頭看看他
父親的目眸是骨灰罈子濺過來的月光
銀色的世界風景連綿
這是我的世界，在公鷄未啼的凌晨
更像是父親的世界

而此刻正是我們父子共處對話
今天的父親不再咳嗽，比往常沉默
我的話就變得多了些
這麼多年來，今晚的月光我最深刻
您不也是說，有一次的月夜叫您難忘
八歲那一年的中秋夜。是〻我在聽
跑了二十多里的野地去找，我父親。找爺爺
雪白的地面映著相思林濃黑烏黑的樹影
我像跌落到一幅水墨畫裡慌張爬行的小蟲子

老爸，您不用再跑了
今晨卯時您就可以和爺爺奶奶
還有您的愛妻我的母親他們住在一起
嘿！當心挨罵
是啊，您說將您的骨灰付之水流
您說得輕鬆 我卻擔不起
有時我們想您，有個墓碑
我們抱一把鮮花也好找到您
我們考慮到墓頭頂著那一塊石頭
不要那麼笨重，上面有幾個字：
黃義清宜蘭羅東人，又名阿福（一九一三～一九九九）
三年前您跟著母滴走到十字架前歸主

骨灰罈蓋的月光顯得特別慈祥
我回到孩提依偎在您的懷裡
車子裡的音響馬友友把巴哈拉得與月光分不開
我們父子靜靜地享受著幸福無語
車子又來一個大轉彎而翻到萊萊
她總是對回宜蘭的孩子把龜山島變出來
太平洋鋪了一層可以踏過去的金屬
今夜的龜山島比白晝更近

老爸，我們到家了
龜山島就在那裡招手
我側頭看看父親
月光沾著淚水泛開一片迷茫的漣漪盪漾

對了、老爸，您要不要下去小便？

一把老剪刀

一把老剪刀、樣子古怪
是老祖母當新娘的嫁粧
天片的刀尖彎
地片的刀尖斷
刃口缺缺如鋸齒
又像老剪刀裝了假牙
过去有人不只拿它當剪刀
泡在盆子裡剖鸡腸
牆壁挖洞借它鑽
拔釘子剪鉄罐
蔴繩鉄線粗細大小
呷銅嚼錫什么沒嚐

最溫馨的記憶是
剪臍帶助生產
七十年來如絲塵封歲月
老祖母無意翻到老剪刀
伊的嘆息有如杜甫之言：
人生不相見
動如參與商

抹布、拭塵埃
喜見歲月潮水上
動動虎口笑老剪刀敘舊
說三叔公、四嬸婆、六柱仔
七、七、七記不清
訪舊半為鬼了

小々孫女拿布來
試々剪刀不剪刀
老祖母泚出淚水笑著說：
「合我同款，嚼不落去啦！」

九彎十八拐

蝸牛開到牆外鮮綠的宜蘭
於是牆上就留下了
彎東拐西
陽光斜照
閃爍銀亮動光
勤苦登天的痕跡

宜蘭人的老祖先知道
艋舺、大稻埕和滬尾
即在八斗灑落星光的地方
尋覓別有天的出口
遇到面向太平洋的金面山
隨後還有連綿的山巒

沒有羽毛展翅飛翔
他們唯有汗水和手繭
挖挖、鑿鑿、挑挑、填填
碰壁就彎
絕處就拐
彎彎拐拐、拐拐彎彎
總共不下千百

彎彎拐拐有多少
他們憨憨地笑著說：
九彎十八拐
謙虛的話語有如童言
金面山聽了笑了
九彎十八拐就成了金面的笑紋

有兩種 宜蘭人

故鄉宜蘭是个多淚的母親
孩子玩瘋了也要傷心落淚
母親哭泣的日子
氣象局說是壞天氣
孩子們關在屋子裡
一關就是一个雨季

蘭雨的日子
孩子們悶在屋子裡
懷念多日不見的晴天
他們巴望著窗外
想像風箏卡在藍天的白雲上
想像窪地裡的蝌蚪变青蛙

想像蓮霧園的老伯々打瞌睡
想像野花綴串一襲美麗的婚紗
他們巴望著，巴望著窗外
使格子窗一時變成戶外節目的電視牆

蘭陽的雨的日子
也是小孩子長大的日子
他們長大成人稍出人頭地
外人言：宜蘭人比較有想像力和理想
他們長大不如人意
外人言：宜蘭人光說不練最愛做白日夢

買塩

菜湯太淡了
爸々說不要忘記買塩
爸々出海捕魚去了
他說不要忘記買塩
要把魚醃起來

天黑了
不見爸々和魚
媽々的淚水太淡了
我跑去賒塩

小鋪子老李說
爸爸還欠一個冬天的酒錢
是的，爸爸就是這麼愛喝酒
也是最愛說：
不要忘記買鹽

國峻不回來吃飯

國峻
我知道你不回來吃飯
我就先吃了
媽媽總是說等一下
等久了，她就不吃了
那包米吃好久了，還是那麼多
還多了一些象鼻蟲
媽媽知道你不回來吃飯
她就不想燒飯了
她和大同電鍋也都忘了
到底多少米要加多少水

我到今天才知道
媽媽生下來就是為你燒飯的
現在你不回來吃飯
媽媽什么事都沒了
媽媽什么事都不想做
連飯都不想吃

國峻
一年了，你都沒回來吃飯
我在家裡炒過幾次米粉請你的好友
楊澤、焦桐、悔之、雨木兒、……
還有袁哲生，噢！哲生沒有
三月間他來向你借汪曾祺的集子
還對著你的掛相說了些話
他跟你一樣不回家吃飯了

我們知道你不回來吃飯
我們就不等你
也故意不談你
可是你不回來吃飯
那個位子永遠在那裡啊
你的好友笑我
說我愛吃醋
所以飯菜都加了醋
天大的冤枉
滿桌的醋香酸味那裡來
是望梅止渴吧
你不回來吃飯
望著那個空位叫誰不心酸

國峻

悵然大物

外出回來
門口留有一張字條：
多年未見，來訪未遇
甚念！

哎喲！吾兄
君不知有魏晉，電話，傳真
還有 伊枚兒？

輕輕放回字條
取出相機
獵取擋在門口的悵然大物

記得昨日

昨日
妳來看我
坐了十三個小時的火車
著一身汗臭野戰服的我
握一朵紅艷的玫瑰
把脖子伸過月台等妳
火車進站
我驚慌地把花丟進垃圾桶
在人潮中一眼就捉到妳身影的眼睛
在妳的面前卻只能看地

我們離車站我瞄一眼垃圾桶
吞吐著玫瑰花的遭遇
我臉紅了，口也呆了
妳轉身一回來時
玫瑰花依在妳的胸前哭泣

今天
我們倆來回開了九個小時的車
去官田營區看兒子

明天
妳可別忘了提醒兒子
星期天得去新兵營看看孫子

記得昨天妳來看我
妳穿一件粉紅碎花的洋裝
向我走過來
一頭烏黑的秀髮
長長地飄啊飄地隨風遊戲
記得昨天妳來看我
我偷跑出來
回去被關了一個禮拜的禁閉

一則無聊得要死的故事

夏日裡的山野
那一隻四腳蛇在回家的路上
運作輕功橫跨天煎地烙的柏油小路
滿載驚叫和笑聲的吉普車路過
輾壓了牠的半條命
牠的下半身被壓在地面
牠不知道到底發生何事
更不明白車上之撒下來笑声為何
又為何把地球掛在牠的腰間

子宮緊縮 回家孵蛋要緊
但是牠 走也不是、退也不得
地球確實、重了些；对牠而言
搬地球不是牠的工作
牠不知道時間耗在那裡等誰
等待果陀嘛也要兩個人
等啊等，終於想到
牠在等待再來一部車經过
祈望從牠的頭上輾过
好久，一部滿載橘子的鉄牛
不偏不倚地閃过四腳蛇
牠像從一場惡夢驚醒

夏日裡的山野
山野裡天煎熬地焙的柏油小路
那一隻四腳蛇使力拖著地球
一想起回家孵蛋
牠使盡全身的力量
把下半身留在那裡牢牢貼地

冷氣團

冷氣團像無殼蝸牛
冷冷溼溼、緩緩地
貼著地面
貼著人的肌膚
緩緩地緩到不能再緩地
往南飄動
它無視北回歸線的警示
冷冷溼溼、緩緩地
貼著中央山脈的稜線
貼著濁水溪的漣漪
一直到鵝鑾鼻

它沿途冷々溼々，緩々地
貼著虱目魚翻白的肚皮
貼著黑珍珠蓮霧的腮紅
冷々溼々，緩々地
緩到沿途堵塞滯留
又緩々向南蠕動
南部人終於知道
自鼻頭角為什么打噴嚏
還要感冒流鼻涕

男人与女人的對話

「耶！你很大奇怪へ！」

男人頭回也不回的回答：

「你才大奇怪！婦道懂吧，嫁鷄隨鷄……」

「嫁狗隨狗．什么時代了？」

「所以這才叫世風日下。」

「耶！你真奇怪へ，說這種話!?」

「你才奇怪！

你聽过王寶釧向薛仁貴放过屁没？」

「我不跟你去了。」女人釘在那兒不走。

「隨我來！婦道不存，國乃滅亡。」

「照你這樣下去，快了。」

我是台灣人

我把頭枕在基隆上頭的鼻頭角
把腳伸到恆春鵝鑾鼻
我躺著，我趴著
我側著，我弓著
台灣中央山脈的稜線
總是不容合，我的各種睡姿
我睏也無法睡得舒服
我翻個身
我滑了出去

呀！我掉到海裡了

到底是掉進台灣海峽

還是掉進太平洋？

此刻有漁船來救我

他們問我是哪裡人

我說我是

台灣人

有一粒種子叫做「蘭博」

你可曾知道
在太平山上的每一棵千年老樹
它巨大的軀幹和龐雜的枝椏
它盤踞交錯在地底的根基
它奧秘的生命与對大自然的承諾
卻都是從一粒種子展開

它展開了豐厚的生命
它展開了艱苦的成長歷史
那你可曾知道
在蘭陽平原的太平洋之濱
有一粒種子叫做「蘭博」

它把蘭陽奧秘的生命
它把蘭陽艱苦奮鬥的成長歷史
全都以逆向濃縮折疊在
時光隧道的殼子裡，等待
等待你來見證蘭陽的存在

我家的五月

我家的五月
說她有潔癖
或說她不食人間煙火
說她是圓是方
或說她是阿米巴变形蟲都說不上
每一年她總是會經过我家徘徊
看々蘭陽平原的春耕稻作
秧苗早已抽長細葉塞行
五月　她化成風
輕拂一片綠意試々彈性柔軟

而對綠色系的彩度
加於調配由嫩加深
有時撒々雨水
展現一塵不染的翠體裸露
一片綠油々醉人的大地
任由白頭翁、綠繡眼、望東丑、……
喙合大小散落遠近即與鳴唱
此時好想邀約外地的友人來訪
來看々我家五月的容貌

深沉的嘆息——致楊儒門

一遍嫩綠到一遍金黃
是北方的麥子、南方的稻子
不分晝夜
不分陰晴
一路
步步點頭禮拜不息而成風
頻頻彎腰撲地膜拜不息成嵐的
一路風景
它們修得正果，縱然是
一粒麥子
一粒稻子

都已然成了一顆心
濟世救貧，救苦救難
照世四方的大自然觀音
祂也有無奈的時候
祂嘆息
那無根修課裡禪的道場
那嫩綠到金黃的一路風景
哎！
逐漸消失

詩人把詩寫在大地上

詩人轉作把樹種在大地上
擇別了農婦母親的身影
擇別了稻田
種了烏心石、桃花心木、還有相思
三十年後樹大成林
詩人的髭鬍鬚長長銀亮
兒子大了 孫子也入讀
各種鳥類在此繁殖混声合唱
詩人牽著孫子走入樹林
述說稻田和査某祖的故事
小孫子卻指問著這一隻是什么鳥？
那邊那一隻 又是什么鳥？

那邊？
那邊！
黑黑阿公眼花了、那裡？
這裡這裡、唷！飛走了
詩人眼花了格子太小看不清
他把詩寫在大地列出目錄
嫩芽、落葉、散步、露珠、風聲雨聲
風來朗誦，鳥兒來吟唱
詩人把詩寫在大地上

致台東人

台东不是屬於那些識字的人的
也不是屬於那幾個會寫詩的人的
更不是觀光客的

一天的光明從太麻里點著
台東人的生命就繃緊
他們、他們、他們
在太平洋的波濤
在大武山的荊棘林蔭
在濁水溪的石礫地
在僅有的幾把泥土

他們、他們、他們
幹活嘛也應該要有一點酬勞
應得的竟像向吝嗇鬼乞討
嘆息嘛、卻覺得奢侈
觀光客的讚美
詩人的歌詠台東
他們、他們、他們
好像被採寫、
人在福中不知福

蘇花公路

神話典籍遺漏的
世上僅存那麼一朵
依偎在西太平洋岸的
蘇花
她的傳奇早已成為化石
並長滿了後生的綠被
單單那一瓣的花瓣邊沿
曲曲折折彎彎糾糾百公里
一日我借道往返
我終於發現、我
渺之又渺、小之又小

視瓢蟲若恐龍
視螻蟻乃長毛象

車禍

那一天雨很大
來車把我撞離地球
來々往々人車當然看不到我
多么遙遠啊
我想回到地球的話

當我嘆息
孤獨跑來貼近我的耳朵說：
「你現在總算看到我的真面目了吧，
過去你曾多次吹噓認識我。」

來々往々人車不停從我身边經过
他們當然沒看到我
我已飛離地球
卻渴望有人走过來伸手給我

多么遙遠啊
孤獨從我身上爬起
把我留在雨天的路上
叫我為他代言

靈魂啟事

死後有兩個去處
不是 天堂
即是 地獄
古籐青死了
死亡證明 有十三種併發症
主要死因—老死
他死了七七四十九天
天堂迎不到他
地獄等不到他

天堂的記錄簿上
有他造的橋，有他鋪的路
地獄的記錄簿上
有他殺人的血跡，有他放火的廢墟
他死了
过了許多次的九九八十一天
天堂接不到他
地獄逮不到他

那一位老人需要博愛座

五點三級的地震震央
來自馬路地表
公車乘客若無其事隨它搖
撲著一把缺鈣的老骨頭
盼著博愛座
望著屁股粘著了的少年郎
本想抗議
張了大嘴 卻又放棄

六點五級的地震震央
來自往醫院的路上
老人若無其事隨它搖
躺在擔架總比博愛座舒坦
救護車先替他的家人
省下電子琴花車孝女白琴
沿街哀爸叫母地哀嚎

相約武昌街

與好友天驄相約武昌街
他送我書
我送他酒
咖啡未上桌
我翻著程兆熊先生的農業
他轉著酒瓶精讀金門高粱的標籤
我喟嘆台灣農業
他說：走！極品軒就在轉角
我們倆頻頻舉杯
一會兒水稻、檳榔
一會兒高山茶、蔬果、土石流

農發會條例、WTO……
依稀还念到農業經濟專家李登輝的
哀台灣農業
「先生，我們要打烊了。」
乒乒乓乓
低頭一看
哇！金門失守了

杯中人

凝視杯中的自己
久久
一笑一飲而盡
凝視杯中的自己
久久
無聲張嘴哭泣
再攬杯中的自己
久久
淚眼含笑不已

電話鈴響起
久久……
不接

酒，久唉！

酒啊，那是
源自兩萬年的歷史
一路來沿途飄香

兩萬年來諸神的黃昏
相聚煮酒論道
終至臉紅留下晚霞

論道似煮酒
兩萬年來久久各說各話
終至論出各自釀酒的方法

天底下的穀類和水果
皆無不可釀造成酒
自有其道煉化玉液瓊漿

無奈世人 飲酒不悟道
只顧貪杯，分明是好酒變黃湯
醉後行徑更荒唐

XO原是 是非題
貪杯不分是與非
XO照樣乾杯 再乾杯

酒嘛！那是
源自兩萬年的歷史
一路來沿途飄香

兩萬年來諸神的黃昏
相聚着酒論道
唉！諸神的黃昏 世人的夜

與屍共舞

一具屍体宛若一座孤島
四季如春溫濕的環境
陽光繁衍了蛆族
蛆族繁榮了腐屍

腐屍的肉汁甜美
蛆族日以繼夜 泳游忙碌
於這未曾有过的繁榮
稱之為 經濟奇蹟

奇不奇蹟
蛆族無須要眼睛
蛆族無須要耳朵
不見無聞 不礙 嘴的貪婪

貪婪暴發的財富
貪婪暴發的權力
貪婪暴發的所謂民主自由
千々萬々的蛆族與屍共舞

與屍共舞
舞到九二一，天搖地動
舞到賀伯，昏天暗地
舞到象神 風狂雨暴

風狂雨暴沖淡肉汁
吹垮腐屍，沖垮了股市
腐屍肋骨殘骸曝露
蛆族不日之出走 即日之入侵內腑

內腑的腐汁更為精美
肝臟細嫩如虎骨髓熬高麗
肺臟粘稠如海參燉魚翅
腸肚臭得好爛到恰到好處
爛到恰到好處各喝吃
蛆族開發屍體各部
一路誇耀成就
不停地與屍共舞

掉落滿地的秒針

秒針掉落滿地
耐心和貞操一樣賤價
快！快給我一杯咖啡

這就沖好了，先生
當心燙嘴。
給我一碗麵⋯
一碗麻辣的牛肉麵
這就泡好了，先生
啊⋯麻辣、麻辣
麵裡面的這是什么？

呃！這不礙事
難免總是會 掉幾根 秒針
據說五月裡的空氣中飄浮的
那蒲公英的芒花也是秒針
耐心和傻勁跟芒花一樣輕盈

我沒有辦法研修
儘快給我 一張文憑
就在這裡，先生
貴是貴了 一點
也只有它酷似臉皮

秒針掉滿地
快，快給我愛情
先生，燕瘦環肥任您挑
這是她們的嗶嗶叩

市政府鐘塔的秒針
格林威治的秒針紛紛落地
要快，錢不是問題
對不起贖罪券在中世紀，就售罄
如果您不嫌棄道德太奢侈
喔！您點頭了
善哉、阿彌陀佛
您的大名已留榜
油漆未乾難免粘住一些秒針

人造春天

若不是春暉春風
有數不盡的手指頭
觸拂所有的花蕾
花朵怎么會酥癢得如此爭奇奪艷
禁不住明目張胆招蜂引蝶
若不是春暉春風
有那輕巧的手指頭
觸撫所有的昆蟲
蜂蝶怎么會急得如此瘋狂
禁不住公然尋花問柳

而唯獨萬物之靈的人類
等不及四季的時序
創造人造春天
僅憑慾字的念頭
管它是霜雪寒冬
隨時隨地到處小便

單行道

羡慕那一隻黑貓
借牠的身影依偎在她的懷抱
我一臉陶醉散了神顯出原形
她重重地將我拋棄

我回到路过她的窗前
看到她仍舊抱著黑貓
輕々地撫慰著哼唱
輕々地撫慰著哼唱

煞風景

那一團白雲像個巨人
像猴子、呃不、像一隻
一隻米老鼠
現在又像、又變成一團白雲
因為白雲
天、藍上加藍
底下未除稗類的田野泛綠
遠處一列誤點的莒光
奔向春秋莒國
我站在未來寫生

天好藍
白雲勤練變身
社會的氣溫飆高
眼前的景象頻頻變幻
難怪，這怎么寫生
煞風景

傾聽

太陽穴底下
有一對漏斗
天地間的美妙和天籟
有時傾注
有時滑滴
綿綿地，綿綿地……
經過漏斗流入心田
灌溉你、我的心靈

飄飄而落

是該飄落的時刻
一片烏桕的紅葉
是她唯一一次必要飄落
難免在高高的樹梢上顫抖
是該飄落的時刻
她梢一屈膝彎腰一彈
旋起一陣風
或風載浮著她
騰空、翻滾、抱膝、打轉
挺腰、抬頭、展臂、飛翔、……

任憑頂尖的跳水高手也辦不到
就是慢動作的鏡頭也比不上
她所畫上的句點美妙
沒有水花，沒有掌聲
靜々地好像什麼都沒發生

戰士，乾杯！

四了誰那么樣地惡作劇，在
耶穌受難圖的旁邊，依序排列
日本兵
八路軍，還有
國軍的大頭像，在
好茶一個魯凱族的家，在那
香味撲鼻的月桃皮編成的牆壁上
是誰那么樣地惡作劇，讓
那一位日本兵竟然是
那位中華民國國軍的父親
那位共匪竟然是有一個兒子

當中華民國海軍陸戰隊的戰士
準備 反攻大陸解救受苦的同胞
是誰那么樣地惡作劇、匹配
母親的前夫是日本兵，後來
再嫁給共匪
而那位和日本兵生的孩子
在金門也登了天
而那位和共匪生的孩子
正踢著正步
準備三民主義统一中國
是誰那么樣地惡作劇
盜走了他們的睡眠
六隻圓滾滾的眼睛，像

門鐶被釘在那裡
掛在深山的黑石板蓋的矮房子裡
一直，一直不曾闔上一眼
從此那燦炯炯的六隻眼睛
羅列在南極星的旁邊
一座新的星座就誕生了

仰對著和耶穌併排的戰士
我端起小米酒，張口無語久久
那話鯁在心頭，它是說：
戰士，乾杯！

騎馬舉刀的民族英雄

天啊！天——！
日復一日
我已無法創新祈求的禱告辭
話還是老話
想借助您的雷劈
將我粉碎
既然是天，應該不費吹灰之力

倘若
我一直在此如此僵斃
那您的權威又何在？

如果您吝嗇那吹灰之力
是對我的一種懲罰
那麼
即使讓我放下舉刀之臂
我都願以萬民的歡呼換取

無病呻吟

連抽幾泡煙斗
麻得忘了嘴巴長在那裡
沖了幾杯咖啡
喝得連胃也有話說
半包在杯旁的糖
竟然引來螞蟻
沒有食物的書房
那來螞蟻成千上萬
隨牠們的縱隊尋到底
竟是從來自陽台外的楓樹
稿紙攤在同一桌上

苦々等著等著
等不到字像螞蟻列隊的
來填滿稿紙
這未免太不公平了吧
用筆尖輕々壓住一隻螞蟻
「放開我！我們才不像你
無病也想呻吟……」

我一愣、一鬆手
螞蟻一粒一粒把糖扛回去
我的稿紙啞然癱在那裡

寂寞的我

紙格子是寂寞的
卡在格子裡更是寂寞
想不出寂寞最好不去想他
格子裡的驚嘆號動了一下
原來是一隻蒼蠅在搔頭弄姿
牠不寂寞
我欣賞牠
牠的生命十分精巧靈活
至少牠不寂寞

牠走進格子裡的一個「的」字上
趕走牠，牠又飛回原地
這我才發現那個「的」字是個贅字
挑出贅字
這不叫做指點 又叫什麼？
啊：一字之師——蒼蠅
我驚嘆
我塗改 贅字
牠停在咖啡杯的边緣

我捲起稿紙
啪達一声將牠打去
我絕沒有惡意
牠掉進半杯的咖啡裡
那漂浮不動的蒼蠅
讓我看到寂寞的自己

春天

冬天一臉風霜回到天上
老天爺命令天雷喚人換班
因為隔著厚〻的烏雲蓋地
天雷的叫聲悶在雲裡
大地沒人回應
天雷連轟帶叫 數声：
春——天——！
烏雲被驚嚇到淚下如雨
此刻的大地上
樹的嫩芽、松鼠、木耳、
伸出腿來的蝌蚪、潺〻的水流、
黃、白紋蝶、野草小花、小水牛、

從冬眠醒过來的烏龜、蝸牛、
秧苗、嬰兒、白頭翁、
九彎十八拐、龜山島、
墳墓中的少女、……
他們都齊聲回答：
有——！
天雷氣得再叫：
我是叫
春——天——！
大地聽了
嚇得臉都綠了

影子

夜晚
我借路燈尋找我的影子
有一盞路燈黯然神傷
只有它沒有飛蛾在旁飛舞

我沿著路走
沿途的影子一會兒長一會兒短
親密地逗著我玩

我走到盡頭
那一襲量身訂作的影子
不見了

我往回走
我又遇見那一盞沒有飛蛾伴舞的燈
我站在底下久久
此刻我才發現
我竟然只是這一盞燈的影子

一條絕句

相對於龍
蛇是一條絕句
冰潔、精鍊、現代
死不添足

而龍
你說呢？

一位在加護病房的老人

那位老人在加護病房
當透明的塑膠管變成他
外在的氣管、食道、尿管和血管
夢與回憶的混淆使他陷入迷惘

他騎著竹馬來到加護病房
往返跑了好幾趟
他重生了好幾回
豈止三生
故鄉是一隻遙遠的搖籃
儘管他學貓的腳步移近
在舉手叩門之前
母親總是先開口〃

「你回來了。」
在深夜他捧著螢火回家
在舉手叩門之前
母親又先開口：
「你回來了。」

在遙遠的故鄉
仍然可以聽到兒歌和母親的鼻息
還有荒野中的鳥叫和蟲鳴
都成為萬籟
他悄々地在門口徘徊又徘徊
門裡的母親又先開口：
「外頭很冷，還不快點進來。」
外頭真的很冷很冷

逢石記

來到這少有人跡的山間，野草叢生
一個陌生人竟以絆倒我當著打招呼
好在他沉默不語一臉無辜
沒激我生氣

我想，一定有人在此為他慟哭
因為這一塊磚頭大小的墓碑
曾被輕嘆过的，曾被咀咒过的
代表這塵世間一粒塵埃的符號
在早晚路过的
雲群密々如雨的蹄點踩糊
踩糊了一線綿延的血緣祖籍和歲月
而野草隱藏了這本社會寫實的長篇

傳聞了整個山頭方圓
滋長了研讀的草本
看樣子是不會有人再來探尋
縱使有的話……
這是我一廂情願的想法
在族群和親族的記憶
他早就蒸發無餘

日落前
趕往西北的雲層引來陣陣涼風
此時空氣透膚清新
我依稀聞到笑聲
聞到發酵過的淚酸味和屍臭
想想仔細確認
那喜怒哀樂陳年之後
竟覺得那麼清淡近無

隨風去
低頭時只見幾根有如掉了的蒜蒂
他、其實只剩下那塊
做為墓碑是小了一點的
不見稜角的
披一襲地衣的
小々的、小々的
石頭記

圓與直的對話

在宇宙間，圓与直偶然在一次切点交會。
直輕視圓說：
「縱然一圈是百年千年，
你還是在那裡繞圈子。」
「我有一個圓心也叫做中心的東西啊！」
「什么圓心中心不中心的，
在宇宙中只有無限的前頭。」
「無限的前頭是什麼？」圓問。
「永恆啊！這也不懂。」
「你看看四周的星星，那些星座……」
「是啊，她們始終在那裡繞圈子。」
圓突然叫起來：

「看！十點鐘的方向。」

「是一顆流星。」直淡淡的說。

「看她飛得多快，一直向前頭……」

直一離開切點，就沒聽清楚、圓跟他說了什麼。

他心裡頭嘲笑圓：

「這個圓，連流星也要大驚小怪。」

紅燈下

九十九秒的紅燈
阻擋了兩排長々顯得無奈的汽車
冷風夾帶細雨斜打車體
雨刷也無奈地撥弄車窗
一個走路殘相的母親
把嬰兒反夾在胸前
痙攣仰翻著托天的手掌
指頭勾了幾串玉蘭
低頭犁著凝重的空氣和濛雨
從第一部車直到後頭
一路無礙

小嬰兒哭醒
母親收回托天的手
玉蘭下垂
她勾下頭貼著嬰兒
嘴裡流出兒語：惜々、惜々、媽々惜々……
雨斜打著

她沒有無奈的雨刷
一次一次 再一次地
來回徘徊在那九十九秒的紅燈下

伊

小鎮的月台
火車來了
他走了
像一顆流星
她許了願
像一口酸梅
像一步踩空

她守著一朵花
花終究要謝落
花謝了
像一場夢
像一滴淚珠

她守著夜，整夜無語
夜終究會過去
夜走了
像一首歌
像一聲嘆息

一對早起的老伴

翻開早報訃聞廣告
未見自己的尊姓大名
撐起腰身探頭大叫
我的拖鞋呢？
你的拖鞋你的腳踩著
眼鏡就在你的額頭
阿彌陀佛
不要再把假牙和摔破的杯子一起掃掉
出去走走
要活就要動
所以才叫著活動
外頭很冷要加大衣外套

我的關節痛走不動
你要活你自己去走動
我的關節比命重
可不要再買豆漿回來害,我

門一開 即刻,就關掉
天哪!太冷太冷了
怎麼不想活了?
阿彌陀佛!

你一句,我一句
一把年紀還能打情罵俏
真是天作之合的一對老伴
善哉! 阿彌陀佛

天回天

歷史上無救受到冤苦的百姓
他們的詛咒終於應驗
一夜之間
天，塌了
原來準備春耕的蘭陽平原
一塊一塊的水田將天拼湊
除了阡陌
天衣近乎無縫
雲不在天
世象去雲霧之間
候鳥找不著季節
擬化游魚悠游水田

我耳猶聞那撕喉的責告、
天！你塌了吧
一股寒勁抽脊令人仰天
天回天、在俯仰之間

和蕭蕭一起玩現代詩

白靈

凹凹凹凹凹凹凹
凹凹凹凹凹凹凹
凹凹凹凹凹凹凹
凹凹凹凹凹凹凹
凹凹凹凹凹凹凹
凹凹凹凸凹凹凹
凹凹凹凹凹凹凹
凹凹凹凹凹凹凹
凹凹凹凹凹凹凹
凹凹凹凹凹凹凹
凹凹凹凹凹凹凹

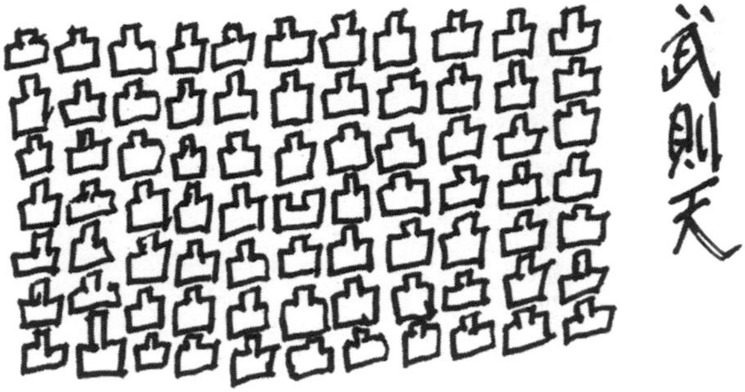
武則天

零零落落

黃春明詩集

仰望著

那一個小孩仰望著
他仰望到帽子往後頭掉
他還是仰望著
仰望密密麻麻的
星空

媽媽曾經告訴他
地上死了一個人
天上就多出一顆星

爸爸笑他是一個傻孩子
那麼愛看天上的星星

那孩子在心裡焦慮地叫
媽媽——！
您到底是那一顆？
媽媽——！

因為我是小孩

我在地上
月亮在天上
我走，月亮跟著我走
我停，月亮也跟著我停
我退後一步
月亮也跟著我退後一步

你知道為什麼嗎？
因為我是小孩

月亮是我的好朋友
我給她星星
我給她一朵一朵的白雲

我要當大鳥

我不要當小鳥
小鳥要吃蟲蟲
我要當大鳥
大鳥吃魚
吃得身體壯壯
翅膀棒棒

我當了大鳥
我要飛過高山

我要飛越海洋
我要飛到很遠很遠
很遠的地方

說一聲早

我早睡睡得飽
早起身體好心情好
見了誰就向誰
說一聲早

太陽公公早
小鳥大鳥早
爺爺奶奶還有媽媽早
送報先生早

賣豆腐叔叔早
星期天早
爸爸還在睡懶覺
今天我就不想向他
說一聲早

一群小星星的秘密

一群小星星
乘夜溜到田野悠遊流竄
小星星的母親，還有東西南北
四方天門的親戚朋友
他們掃除了雲霧
把眼睛睜得晶亮
不停地眨巴眼望穿夜空探地
尋找呼喚
呼喚小星星快快回家

哈！

其實只有小朋友和李白他們才知道

地面上的……

我說呢還是不說？

你的耳朵借過來：

「地面上的螢火蟲就是

那一群貪玩的小星星。」

四季

春天遇見夏天
伸手握住夏天的手說
你的手好綠哪！

夏天遇見秋天
伸手握住秋天的手說
你的手好紅啊！

秋天遇見冬天

伸手握住冬天的手說
你的手好冷呃！

冬天遇見春天
伸手握住春天的手說
你的手好暖唧！

停電

晚上
小精靈跑到台電把電源關了
黑暗張開他超大的大嘴巴
一口就把所有看得見的東西吞到肚子裡
天睜開滿天的小眼睛
找啊找地什麼都沒看到
眨眨眼還是什麼都找不著
頑皮的小精靈又把電源打開

黑暗嚇了一大跳
把剛剛才吞進肚子裡的東西
我的家人和貓咪
還有還有
最討厭的家教老師
全吐出來還給眼睛

放風箏真有趣

一團線，一丈天
兩團線，兩丈天
再接一團放到天外天

天外天風真大
風箏一點也不怕
我在地上拉著它
它在天上拉著我
到底是我在放風箏

還是風箏在放我

我仰頭看風箏
風箏低頭俯看我
我看到天
風箏看到地
放風箏真有趣

夜幕

那一天風很大
一陣強風搶走了我的風箏
我上山去找，找到黃昏
我在山頂上遇到夕陽
夕陽說時候不早要我幫個忙
他拉西邊要我拉東邊
我們一起把夜幕拉到底
沒想到才隔一天
夜幕被秋蟲咬破了數不清的小洞洞

第二天我又去山上找風箏
找到黃昏又遇到夕陽
夕陽說時候到了再幫個忙
他拉西邊我拉東邊
我們一起把夜幕拉到底
沒想到這一天
夜幕黏了一團一團
一堆一堆的蠶繭

第三天的黃昏
我又上山但我不再找風箏
我和夕陽又見面
夕陽說怎麼做我都知道了

我想換個邊
夕陽不答應
我們一起把夜幕拉到底
沒想到
月娘把蟲繭捻成紗
把數不盡的小洞洞全都給補起來了

澆水

我替玫瑰花澆水
春天她開花向我謝謝

我替老榕樹澆水
夏天她撐一把大陽傘
邀我進去乘涼

我替蘋果樹澆水
秋天她結了一個紅蘋果

咚！打在牛頓的頭頂上

我替大白菜澆水
冬天她在火鍋裡
帶給我們全家營養和溫暖

熱帶魚和蝴蝶

熱帶魚是水中的蝴蝶
蝴蝶是空氣中的熱帶魚
熱帶魚和蝴蝶啊
要怎麼辦你們才能一起遊戲
熱帶魚，你想一想
蝴蝶，你想一想
我也來想一想

我家天天都在開畫展

我家樓上樓下
大大小小總共有十二個門窗
從裡往外看
每一個門窗都是一幅畫
並且隨著時間隨著天候
隨時都在變化
但是，我們展的不僅是風景畫
有些常有人經過
當路人探頭它就變成人物畫

有時貓走過窗外的牆
小鳥在院子裡的樹梢
蝴蝶也常在窗口飛舞

我家樓上樓下
大大小小總共有十二個門窗
那就是我的畫廊
我們每天都在開畫展

給小樟樹的話

小樟仔，你且不要難過
你一身的香味
雖然招不來蜂引不來蝶
也誘不到各種各樣的昆蟲
但至少白蟻和蛀蟲
就不敢靠近你半步

小樟仔，你要高興才對
你一身的香味

衣櫃裡不能沒有你
洗手間不能沒有你
昏昏欲睡的瞌睡蟲怕你
你的祖先的香味香遍全世界

小樟仔，你要感到光榮
一百多年前全世界的人
聞到你祖先的這股香味
紛紛從世界各地開著大船
航向福爾摩沙
台灣也因為你們樟樹聞名於世

小樟仔，再告訴你一件趣事

台灣有成千上萬的廟宇寺院
裡面所供奉的各方神明菩薩
祂們有土地公、濟公菩薩、三界公、
關帝君、岳帝爺、開漳聖爺、
媽祖婆、城隍爺、
齊天大聖孫悟空菩薩、
天蓬元帥豬八戒菩薩、
還有還有……
三太子李哪吒
祂們的金身全都是用樟木彫成

小樟仔，這為什麼你知道？
你不要插嘴

祂們很厲害沒錯
要是祂們的金身用別的樹材
腐朽了，爛了
這要怎麼對所有善男信女交代
記住！用樟木彫成的神明菩薩
白蟻和蛀蟲死也不敢靠近

小樟仔，你要身為樟樹為傲
以前我們生活中的許多用具
都是樟木做成的
印度詩人泰格爾有一句名言：
　斧頭向樹要柄
樹給了它

這是何等偉大的犧牲奉獻

小樟仔，
你現在立地在宜蘭高中校園
一年四季陪宜高同學一起做功課
你的努力在此將有茂盛的華蓋
一片樹蔭的成就和功德
將成為宜高學子的好榜樣

現代哪吒

傳說哪吒腳踩風火輪
現代哪吒腳踩直排輪
雖然年小
音樂、美術、體育、寫作
科技電腦樣樣精
女兒身？
什麼時代了，誰說不行！
看招！
三頭六臂
變身——！

有一個小孩

村野裡
有個小孩光著屁股
手抓著小咕咕
站在那裡唱歌
他隨意地唱：
　我看到，我看到，我看到了
我有地——
　地有樹——
樹有鳥——

鳥有歌——

歌有我——

我有地——

地有……

歌繞著小孩

小孩繞著歌

他們纏在一起玩

聽著聽著

這世界好像只剩下

那個小孩站在那裡唱歌

月夜的喜劇

都是因為爭著想抱
雲朵失手抱掉了月亮
直落水塘
不料
月亮竟輕的擊不出水響
也濺不起水花
水塘破了
月亮也碎了
唉！李白何苦

後頭趕上來的雲朵
把飄浮在水塘裡的歲月
統統撈回天上

回鄉下探病

爺爺靜靜地躺在病床上
陽光用金紗編織一張蚊帳
輕輕地罩在爺爺的四方

點滴像晨間露珠
一滴一滴的，又像時間
一滴一滴的滴到爺爺的血管裡
許久，爺爺瞇瞇地睜開眼睛
我靠近他叫了一聲「阿公」

爺爺有氣無力的笑著說我真乖
在回家的火車上
我才突然想起
這一次爺爺竟然沒問我
問我小雞雞有沒有長大

我有恐龍多好

我有恐龍多好
我騎恐龍上學校
路上的行人汽車都跑掉
到了學校
訓導主任叫都不敢叫
校長遠遠看到我揮手笑一笑
看，我有恐龍多好

我有恐龍多好

我騎恐龍上學校
路上的同學
要搭我的恐龍一起上學校
哼！那我要看看
那一位同學對我最好
看，我有恐龍多好

原來如此

北風不習慣華爾滋的扭捏
掃落滿地的樹葉
趕走飛禽走獸
留下無數牠們的足跡

小孩樹下仰首
透天閱讀地球的肺腑
動脈靜脈左右參差
微血管交錯成網

小孩領悟驚嘆……
啊！我知道了
原來如此

茄子

她是一個沒有信心的茄子
頭一次從鏡子看裡到自己
嚇了一跳
從此她就不再照鏡子

她怨小孩子都不喜歡她
她好想好想
好想變成小孩子喜歡的

蘋果、西瓜或是香蕉

她想改變她的體形和膚色
她想讓自己變成蘋果或是西瓜
可是這和她原來的模樣差很大
整成香蕉還差不多

她找啊找探聽到一個神醫
她花了大錢
她忍痛那要命的整形手術
她終於變成香蕉

她很高興地回到家

可惜的是她所認識的親朋好友
沒有一個認識她
她聲淚俱下，大聲叫著：
我是茄子——！
我是你們的茄子——！

釣魚

河裡面的魚真傻
我把蚯蚓勾在魚勾上
魚兒竟然把牠當著山珍海味吞
為什麼不想一想
土裡的蚯蚓怎麼會跑到水裡來

太陽快下山了
我和爸爸一條魚也都沒釣到
哎呀！

我在腦子裡笑牠們的話
全被聽到

黑夜

傍晚
一隻黑貓被拋出屋外
那一瞬間，那一團黑濃得
一直擴展
一直膨脹
把這一天的日曆渲染成黑頁
晨風翻，翻，翻開了下一頁
黑夜逐漸地濃縮

縮成一隻黑貓
趴在門口睡著了

我是風

我是風
我走進廚房
偷偷地吻了媽媽一下
不小心碰亂了媽媽的頭髮
媽媽輕輕地把頭往後一甩
頭髮又恢復了它的原狀

我是風
我悄悄地走過熟睡了的妹妹的床邊

留下了一片紅葉
告訴她小哥哥來探過妳了

我是風
深夜裡我在陽台找到姊姊
我想吻乾她失戀的眼淚
可是我用喝都來不及喝乾
唉！失戀一定是那裡很痛的吧

我是風
我幫弟弟把風箏送上天
弟弟沒把線抓牢
我把風箏送到天邊

弟弟哭了
我笑了

我是風
爸爸又要抽煙
我吹熄了他的火
一次一次又一次
爸爸看看打火機搖一搖
以為打火機壞了

我是風
奶奶要燒香拜拜
拿起爸爸扔在一旁的打火機

爸爸來不及說打火機壞了
奶奶已經把香點著了

我是風
爺爺坐在籐椅覺得很無聊
我吹拂他幾下
他就打起瞌睡無聊就走了
口水也隨著垂滴下來

我是風
我到我的房間
翻翻我的集郵本子
摸摸我的棒球手套

媽媽紅著眼眶對弟弟說
沒事不要亂翻哥哥的東西

唉！我是風

父親慢走

就是那麼自然的叫人驚怕
父親撒手從加護病房站起來
他的影子拉得很長
縱然夕陽卡在那山頭
影子也必須一直走
走到咿嘟哀莫咿嘟丟
哎唷縮成一個小黑點
靜靜地消失在暗黑深處
星光一滴一滴地滴落來

又滴落來
星光咿嘟丟丟銅仔咿嘟
一滴一滴地滴落來
又滴落來
哀莫咿嘟丟
哀莫咿嘟丟唷——

注：套入宜蘭民謠〈丟丟銅仔〉。

蘭陽搖籃曲

嬰仔嬰嬰睏，一瞑大一寸

孩子，蘭陽的孩子
如果這月牙形的平原
容不下你欠身
那你就出去吧

嬰仔嬰嬰惜，一瞑大一尺

心肝寶貝的孩子
如果壯圍和五結鄉的米倉
仍然叫你分不到一杯羹
那你就出去吧

嬰仔嬰嬰睏……

乖孩子
如果從大里到南澳的漁岸
還是讓你終日顛簸徒勞
那你就出去吧

嬰仔嬰嬰惜……

唉！蘭陽的孩子
即使你是男盜女娼
任何事情總是有它的理由
只要你不忘記你是蘭陽的孩子
沒有衣錦，沒有榮耀
累了，想家
那你就回來吧

蘭陽的孩子
嬰仔嬰嬰睏，一暝大一寸
嬰仔嬰嬰惜，一暝大一尺

龜山島

龜山島
每當蘭陽的孩子搭火車出外
當他從車窗望見你
他總是分不清空氣中的哀愁
到底是你的，或是
他的

龜山島
蘭陽的孩子在外鄉

多夢是他失眠的原因
他夢見濁水溪
他夢見颱風波蜜拉、貝絲
他夢見你，龜山島
外鄉的醫生教他數羊
一隻羊、兩隻羊、三隻羊
四隻濁水溪
五隻颱風
六隻龜山島

龜山島
每當蘭陽的孩子搭火車回來
當他從車窗望見你時

他總是分不清空氣中的喜悅
到底是你的，或是
他的

濁水溪

濁水溪
我還沒見過你之前
你就從我爺爺的嘴巴流進我的耳朵
然而，好多個村莊
好多好多的豬隻和雞鴨牛羊
好多叫天，叫孩子，叫救命的尖叫聲
還有好多的水鬼
全都卡在我的心底

濁水溪

我長大之後跨過你離鄉遠去
當我想起家鄉想起你
卡在心底的都浮醒過來
串成一串串的故事
從我的口中流進
在異鄉出生的孩子的耳朵裡
他們時常為這些故事
在夢中驚叫，也
在夢中微笑
我知道他們為什麼驚叫
但我不知道他們為什麼微笑

菅芒花

每一年的這一天，菅芒花
總不會忘記來打掃天空

白天
菅芒花站在水邊
把天空掃得藍藍的
菅芒花墊腳山巔
把天空掃得高高的
然後把這掃得

藍藍又高高的天空
取個名字叫
秋天

夜晚
菅芒花站在水邊
把星星擇得亮亮的
菅芒花墊腳山巔
把星星擇得遠遠的
然後把這擇得
亮亮又遠遠的星星
取個名字叫
星空

老農夫
把掃過天空撢過星星的菅芒花
編成一把一把的掃把
帶到城裡叫賣
當圍觀婦女表示懷疑
老農夫就叫她們抬頭看看
天

帶父親回家

替老人家扣了安全帶，他沒說太緊
我們深深潛入月光開車沿著濱海
我是鮭魚
骨灰罈子裡的父親他也是鮭魚

我們一道遊向宜蘭老家歸去
每遇到大轉彎就覺得父親要離我遠去
我側頭看看他
父親的回眸是骨灰罈子濺過來的月光

銀色的世界風景連綿
這是我的世界，在公雞未啼的凌晨
更像是父親的世界
而此刻正是我們父子共處對話

今天的父親不再咳嗽，比往常沉默
我的話就變得多了些
這麼多年來，今晚的月光我最深刻
您不是說，有一次的月夜叫您難忘

八歲那一年的中秋夜。是，我在聽
跑了二十多里的野地去找我父親。找爺爺
雪白的地面映著相思林濃墨烏黑的樹影

我像跌落到一幅水墨畫裡慌張爬行的小蟲子

老爸，您不用再跑了
今晨卯時您就可以和爺爺奶奶
還有您的愛妻我的母親他們住在一起
嘿！當心挨罵

是啊，您說將您的骨灰付之水流
您說得輕鬆我卻勘不起
有時我們想您有個墓碑
我們抱一把鮮花也好找到您
我們考慮到墓頭頂著那一塊石頭

不要那麼笨重，上面有幾個字：
黃長清宜蘭縣羅東人，又名阿福（一九一三—一九九九）
三年前您跟著血滴走到十字架前歸主

骨灰罈蓋的月光顯得特別慈祥
我回到孩提依偎在您的懷裡
車子裡的音響馬友友把巴哈拉得與月光分不開
我們父子靜靜地享受著幸福無語

車子又來一個大轉彎而翻到萊萊
她總是對回宜蘭的孩子把龜山島變出來
太平洋鋪了一層可以踏過去的金屬
今夜的龜山島比白晝更近

老爸，我們到家了
龜山島就在那裡招手
我側頭看看父親
月光沾著淚水泛開一片迷茫的漣漪盪漾

對了，老爸，您要不要下去小便？

注：

一、萊萊是濱海路上的一個小村，回宜蘭路過這裡，隨後即可以看到宜蘭人的地標——龜山島。宜蘭人一看到它就說：到家了。

二、父親在宗教上並沒有信仰；最多是跟著家裡的老人家舉香跟拜。八十三歲時，在美國妹妹家心臟病突發，我們在台灣無法一時趕到，經過一個禮拜，父親在醫院甦醒過來，看到許多不相識的人圍著病床替他禱告，他深深地被感動。康復之後就信了基督教。

一把老剪刀

一把老剪刀，樣子古怪
是老祖母當新娘的嫁粧
天片的刀尖彎
地片的刀尖斷
刃口缺缺如鋸齒
又像老剪刀裝了假牙

過去有人不只拿它當剪刀
泡在盆子裡剖雞腸

牆壁挖洞借它鑽
拔釘子剪鐵罐
蔴繩鐵線粗細大小
呷銅嚼錫什麼沒嚐
最溫馨的記憶是
剪臍帶助生產

七十年來蜘絲塵封歲月
老祖母無意翻到老剪刀
伊的嘆息有如杜甫言：
　人生不相見
　動如參與商
抹布拭塵埃

喜見歲月溯水上
動動虎口與老剪刀敘舊
說三叔公、四嬸婆、六柱仔
七、七、七記不清
訪舊半為鬼了

小小孫女拿布來
試試剪刀不剪刀
老祖母泌出淚水笑著說：
「合我同款，嚼不落去啦！」

九彎十八拐

蝸牛聞到牆外鮮綠的喧鬧
於是牆上就留下了
彎東拐西
陽光斜照
閃爍銀亮動光
勤苦登天的痕跡

宜蘭人的老祖先知道
艋舺、大稻埕和滬尾

即在八斗滴落星光的地方
尋覓別有天的出口
遇到面向太平洋的金面山
隨後還有連綿的山巒

沒有羽毛展翅飛翔
他們唯有汗水和手繭
挖挖、鏟鏟、挑挑、填填
碰壁就彎
絕境就拐
彎彎拐拐，拐拐彎彎
總共不下千百

彎彎拐拐有多少
他們憨憨地笑著說：
九彎十八拐
謙虛的話語有如童言
金面山聽了笑了
九彎十八拐就變成金面的笑紋

注：早期的淡水叫滬尾。別有天是蘭陽平原的別稱。金面山俗稱金面，它是九彎十八拐的起點。

有兩種宜蘭人

故鄉宜蘭是個多淚的母親
孩子玩瘋了也要傷心落淚
母親哭泣的日子
氣象局說是壞天氣
孩子們關在屋子裡
一關就是一個雨季

蘭雨的日子
孩子們悶在屋子裡

懷念多日不見的晴天
他們巴望著窗外
想像風箏卡在藍天的白雲上
想像窪地裡的蝌蚪變青蛙
想像蓮霧園的老伯伯打瞌睡
想像野花綴串一襲美麗的婚紗
他們巴望著，巴望著窗外
使格子窗一時變成戶外節目的電視牆

蘭雨的日子
也是小孩子長大的日子
他們長大成人稍出人頭地
外人言：宜蘭人比較有想像力和理想

他們長大不如人意

外人言：宜蘭人光說不練最愛做白日夢

買鹽

菜湯太淡了
爸爸說不要忘記買鹽

爸爸出海捕魚去了
他說不要忘記買鹽
要把魚醃起來

天黑了
不見爸爸和魚

媽媽的淚水太淡了
我跑去賒鹽

小舖子老李說
爸爸還欠一個冬天的酒錢

是的，爸爸就是這麼愛喝酒
也最愛說：
不要忘記買鹽

國峻不回來吃飯

國峻
我知道你不回來吃飯
我就先吃了
媽媽總是說等一下
等久了，她就不吃了
那包米吃好久了，還是那麼多
還多了一些象鼻蟲

媽媽知道你不回來吃飯

她就不想燒飯了
她和大同電鍋也都忘了
到底多少米要加多少水
我到今天才知道
媽媽生下來就是為你燒飯的
現在你不回來吃飯
媽媽什麼事都沒了
媽媽什麼事都不想做
連飯都不想吃

國峻
一年了，你都沒回來吃飯
我在家裡炒過幾次米粉請你的好友

楊澤、焦桐、悔之、栗兒、……
還有袁哲生，噢！哲生沒有
三月間他來向你借汪曾祺的集子
還對著你的掛相說了些話
他跟你一樣不回家吃飯了

我們知道你不回來吃飯
我們就不等你
也故意不談你
可是你不回來吃飯
那個位子永遠在那裡啊
你的好友笑我
說我愛吃醋

所以飯菜都加了醋

天大的冤枉
滿桌的醋香酸味那裡來
是望梅止渴吧
你不回來吃飯
望著那個空位叫誰不心酸

國峻

悵然大物

外出回來
門口留有一張字條：
　多年不見，來訪未遇
　甚念！
哎喲！吾兄
君不知有魏晉、電話、傳真
還有伊枚兒？

輕輕放回字條

取出相機

獵取擋在門口的悵然大物

記得昨日

昨日
妳來看我
坐了十三個小時的火車
著一身汗臭野戰服的我
握一朵紅艷的玫瑰
把脖子伸過月台等妳

火車進站

我驚慌地把花丟入垃圾桶
在人潮中一眼就捉到妳身影的眼睛
在妳的面前卻只能看地

我們離車站我瞄一眼垃圾桶
吞吐著玫瑰花的遭遇
我臉紅了，口也呆了
妳轉身一回來時
玫瑰花依在妳的胸前哭泣

今天
我們倆來回開了九個小時的車
去官田營區看兒子

明天
妳可別忘了提醒兒子
星期天得去新兵營看看孫子

記得昨天妳來看我
妳穿一件粉紅碎花的洋裝
向我走過來
一頭烏黑的秀髮
長長地飄啊飄地隨風遊戲

記得昨天妳來看我
我偷跑出來
回去被關了一個禮拜的禁閉

一則無聊得要死的故事

夏日裡的山野
那一隻四腳蛇在回家的路上
運作輕功橫跨天煎地焙的柏油小路

滿載驚叫和笑聲的吉普車路過
輾壓了牠的半條命
牠的下半身被壓在地面

牠不知道到底發生何事

更不明白車上撒下來笑聲為何
又為何把地球掛在牠的腰間

子宮緊縮回家孵蛋要緊
但是牠走也不是，退也不得
地球確實重了些；對牠而言
搬地球不是牠的工作
牠不知道時間耗在那裡等誰
等待果陀嘛也要兩個人

等啊等，終於想到
牠在等待再來一部車經過
祈望從牠的頭上輾過

好久，一部滿載橘子的鐵牛
不偏不倚地閃過四腳蛇
牠像從一場惡夢驚醒

夏日裡的山野
山野裡天煎地焙的柏油小路
那一隻四腳蛇使力拖著地球

一想起回家孵蛋
牠使盡全身的力量
把下半身留在那裡牢牢貼地

冷氣團

冷氣團像無殼蝸牛
冷冷濕濕，緩緩地
貼著地面
貼著人的肌膚
緩緩地緩到不能再緩地
往南蠕動
它無視北回歸線的警示
冷冷濕濕，緩緩地
貼著中央山脈的稜線

貼著濁水溪的漣漪
一直到鵝鑾鼻
它沿途冷冷濕濕，緩緩地
貼著虱目魚翻白的肚皮
貼著黑珍珠蓮霧的腮紅
冷冷濕濕，緩緩地
緩到沿途堵塞滯留
又緩緩向南蠕動
南部人終於知道
鼻頭角為什麼打噴嚏
還要感冒流鼻涕

男人與女人的對話

「耶！你很奇怪ㄟ！」

男人頭回也不回的回答：

「你才奇怪！婦道懂吧，嫁雞隨雞……」

「嫁狗隨狗。什麼時代了？」

「所以這才叫世風日下。」

「耶！你真奇怪ㄟ，說這種話!?」

「你才奇怪！

你聽過王寶釧向薛仁貴放過屁沒？」

「我不跟你去了。」女人釘在那兒不走。

「隨我來！婦道不存，國乃滅亡。」
「照你這樣下去，快了。」

我是台灣人

我把頭枕在基隆上頭的鼻頭角
把腳伸到恆春鵝鑾鼻
我躺著，我趴著
我側著，我弓著
台灣中央山脈的稜線
總是不容我的各種睡姿
我睏也無法睡得舒服
我翻個身
我滑了出去

呀！我掉到海裡了
到底是掉進台灣海峽
還是掉進太平洋？
此刻有漁船來救我
他們問我是那裡人
我說我是
台灣人

有一粒種子叫做「蘭博」

你可曾知道
在太平山上的每一棵千年老樹
它巨大的軀幹和龐雜的枝椏
它盤踞交錯在地底的根基
它奧秘的生命與對大自然的承諾
卻都是從一粒種子展開
它展開了豐厚的生命
它展開了艱苦的成長歷史

那你可曾知道
在蘭陽平原的太平洋之濱
有一粒種子叫做「蘭博」
它把蘭陽奧秘的生命
它把蘭陽艱苦奮鬥的成長歷史
全都以逆向濃縮折疊在
時光隧道的殼子裡，等待
等待你來見證蘭陽的存在

注：「蘭博」即是蘭陽博物館的簡稱。此詩乃是在縣政府邀約之下試作的。宜蘭的詩人比寫小說的人多，受邀時說他們找錯人了。但事後自己也挑戰自己試作此詩。

我家的五月

我家的五月
說她有潔癖
或說她不食人間煙火
說她是圓是方
或說她是阿米巴變形蟲都說不上
每一年她總是會經過我家徘徊
看看蘭陽平原的春耕稻作

秧苗早已抽長細葉塞行

五月她化成風
輕拂一片綠意試試彈性柔軟
而對綠色系的彩度
加於調配由嫩加深
有時撒撒雨水
展現一塵不染的翠體裸露
一片綠油油醉人的大地
任由白頭翁、綠繡眼、望東丑、……
喙合大小散落遠近即興鳴唱
此時好想邀約外地的友人來訪
來看看我家五月的容貌

深沉的嘆息——致楊儒門

一遍嫩綠到一遍金黃
是北方的麥，南方的稻子
不分晝夜
不分陰晴
一路
步步點頭禮拜不息而成風
頻頻彎腰撲地膜拜不息成嵐的
一路風景

它們修得正果，縱然是
一粒麥子
一粒稻子
都已然成了一顆心
濟世救貧，救苦救難

照世四方的大自然觀音
祂也有無奈的時候
祂嘆息
那無垠修課禮拜的道場
那嫩綠到金黃的一路風景
哎！
逐漸消失

詩人把詩寫在大地上

詩人轉作把樹種在大地上
揮別了農婦母親的身影
揮別了稻田
種有烏心石、桃花心木，還有相思

三十年後樹大成林
詩人的鬍鬚長長銀亮
兒子大了孫子也入譜
各種鳥類在此繁殖混聲合唱

詩人牽著孫子走入樹林
述說稻田和查某祖的故事
小孫子卻指問著這一隻是什麼鳥？
那邊那一隻又是什麼鳥？

那邊？
那邊！
嘿嘿阿公眼花了，那裡？
這裡這裡，唷！飛走了

詩人眼花了格子太小看不清
他把詩寫在大地列出目錄
嫩芽、落葉、散步、露珠、風聲雨聲

風來朗誦，鳥兒來吟唱

詩人把詩寫在大地上

注：日前（當時）在電話中聽詩人吳晟說，計畫將母親留下來的兩甲稻田轉作種樹，好不羨慕啊！那豈不就等於在大地上寫詩？瞬間，我心裡也擁有一片成林。

致台東人

台東不是屬於那些識字的人的
也不是屬於那幾個會寫詩的人的
更不是觀光客的

一天的光明從太麻里點著
台東人的生命就繃緊
他們、他們、他們
在太平洋的波濤
在大武山的荊棘林蔭

在濁水溪的石礫地
在僅有的幾把泥土
他們、他們、他們
幹活嘛，也應該要有一點酬勞
應得的竟像向吝嗇鬼乞討
嘆息嘛，卻覺得奢侈

觀光客的讚美
詩人的歌頌台東
他們、他們、他們
好像被挨罵：
人在福中不知福

注：那一年台東詩歌節發表，後被台東大學將此作鏤刻並掛在學校的牆壁上。

蘇花公路

神話典籍遺漏的
世上僅存那麼一朵
依偎在西太平洋岸的
蘇花
她的傳奇早已成為化石
並長滿了後生的綠被
單單那一瓣的花瓣邊沿
曲曲折折彎彎糾糾百公里

一日我借道往返
我終於發現，我
渺之又渺，小之又小
視瓢蟲為恐龍
視螞蟻為長毛象

車禍

那一天雨很大
來車把我撞離地球
來來往往人車當然看不到我
多麼遙遠啊
我想回到地球的話

當我嘆息
孤獨跑來貼近我的耳朵說：
「你現在總算看到我的真面目了吧，

過去你曾多次吹噓認識我。」

來來往往人車不停從我身邊經過
他們當然沒看到我
我已飛離地球
卻渴望有人走過來伸手給我

多麼遙遠啊
孤獨從我身上爬起
把我留在雨天的路上
叫我為他代言

尋魂啟事

死後有兩個去處
不是天堂
即是地獄

古藤青死了
死亡證明有十三種併發症
主要死因——老死
他死了七七四十九天
天堂迎不到他

地獄等不到他

天堂的記錄簿上
有他造的橋，有他鋪的路
地獄的記錄簿上
有他殺人的血跡，有他放火的廢墟

他死了
過了許多次的九九八十一天
天堂接不到他
地獄逮不到他

那一位老人需要博愛座

五點三級的地震震央
來自馬路地表
公車乘客若無其事隨它搖
撐著一把缺鈣的老骨頭
盼著博愛座
望著屁股黏著了的少年郎
本想抗議
張了大嘴卻又放棄

六點五級的地震震央
來自往醫院的路上
老人若無其事隨它搖
躺在擔架總比博愛座舒坦
救護車先替他的家人
省下電子琴花車孝女白琴
沿街哀爸叫母地哀哮

相約武昌街

與好友天驄相約武昌街
他送我書
我送他酒
咖啡未上桌
我翻著程兆熊先生的農業
他轉著酒瓶精讀金門高粱的標籤
我喟嘆台灣農業
他說：走！極品軒就在轉角

我們倆頻頻舉杯
一會兒水稻、檳榔
一會兒高山茶、蔬果、土石流
農發會條例、WTO……
依稀還念到農業專家李登輝的哀台灣農業

「先生，我們要打烊了。」
乒乒乓乓
低頭一看
哇！金門失守了

杯中人

凝視杯中的自己
久久
一笑一飲而盡
凝視杯中的自己
久久
無聲張嘴哭泣
再攬杯中的自己

久久
涙眼含笑不已

電話鈴響起
久久……
不接

酒，久唉！

酒啊，那是
源自兩萬年的歷史
一路來沿途飄香

兩萬年來諸神的黃昏
相聚煮酒論道
終至臉紅留下晚霞

論道必煮酒

兩萬年來久久各說各話
終至論出各自釀酒的方法

天底下的穀類和水果
皆無不可釀造成酒
自有其道煉化玉液瓊漿

無奈世人飲酒不悟道
只顧貪杯，分明是好酒變黃湯
醉後行徑更荒唐

XO原是是非題
貪杯不分是與非

XO照樣乾杯再乾杯

酒啊！那是
源自兩萬年的歷史
一路來沿途飄香

兩萬年來諸神的黃昏
相聚煮酒論道
唉！諸神的黃昏世人的夜

與屍共舞

一具屍體宛若一座孤島
四季如春溫濕的環境
陽光繁衍了蛆族
蛆族繁榮了腐屍

腐屍的肉汁甜美
蛆族日以繼夜泳游忙碌
於這未曾有過的繁榮
稱之為經濟奇蹟

奇不奇蹟
蛆族無須要眼睛
蛆族無須要耳朵
不見無聞不礙嘴的貪婪

貪婪暴發的財富
貪婪暴發的權力
貪婪暴發的所謂民主自由
千千萬萬的蛆族與屍共舞

與屍共舞
舞到九二一，天搖地動
舞到賀伯，昏天暗地

舞到象神，風狂雨暴

風狂雨暴沖淡肉汁
吹垮腐屍，沖垮了股市
腐屍肋骨殘骸曝露
蛆族不是出走即是入侵內腑

內腑的腐汁更為精美
肝臟細嫩如虎骨髓熬高麗
肺臟黏稠如海參燉魚翅
腸肚臭得好爛到恰到好處
爛到恰到好處吞、喝、吃

蛆族開發屍體各部
一路誇耀成就
不停地與屍共舞

掉落滿地的秒針

秒針掉落滿地
耐心和貞操一樣賤價
快！快給我一杯咖啡

這就沖好了，先生
當心燙嘴。

給我一碗麵：
一碗麻辣的牛肉麵
這就泡好了，先生
啊！麻辣、麻辣

麵裡面的這是什麼？
呃！這不礙事
難免總是會掉幾根秒針
據說五月裡的空氣中飄浮的
那蒲公英的芒花也是秒針
耐心和傻勁跟芒花一樣輕盈

我沒有辦法研修
儘快給我一張文憑
就在這裡，先生
貴是貴了一點
也只有它酷似臉皮

秒針掉滿地
快，快給我愛情
先生，燕瘦環肥任您挑
這是她們的嗶嗶叩

市政府鐘塔的秒針
格林威治的秒針統統落地
要快，錢不是問題
對不起贖罪券在中世紀就售罄
如果您不嫌棄道德太奢侈
喔！您點頭了
善哉，阿彌陀佛
您的大名已留榜
油漆未乾難免黏住一些秒針

人造春天

若不是春暉春風
有數不盡的手指頭
觸拂所有的花蕾
花朵怎麼會酥癢得如此爭奇奪艷
禁不住明目張膽招蜂引蝶

若不是春暉春風
有那輕巧的手指頭

觸撫所有的昆蟲
蜂蝶怎麼會急得如此瘋狂
禁不住公然尋花問柳

而唯獨萬物之靈的人類
等不及四季的時序
創造人造春天
僅憑慾字的念頭
管它是霜雪寒冬
隨時隨地到處小便

單行道

羨慕那一隻黑貓
借牠的身影依偎在她的懷抱
我一臉陶醉散了神顯出原形
她重重地將我拋棄

我回到路過她的窗前
看到她仍舊抱著黑貓
輕輕地撫慰著哼唱
輕輕地撫慰著哼唱

煞風景

那一團白雲像個巨人
像猴子，呃不，像一隻
一隻米老鼠
現在又像，又變成一團白雲

因為白雲
天，藍上加藍

底下未除稗類的田野泛綠

遠處一列誤點的莒光
奔向春秋莒國
我站在未來寫生

天好藍
白雲勤練變身
社會的氣溫飆高
眼前的景象頻頻變幻
難怪，這怎麼寫生
煞風景

傾聽

太陽穴底下
有一對漏斗
天地間的美妙和天籟
有時傾注
有時涓滴
綿綿地，綿綿地……
經過漏斗流入心田
灌溉你我的心靈

飄飄而落

是該飄落的時刻
一片烏桕的紅葉
是她唯一一次必要飄落
難免在高高的樹梢上顫抖

是該飄落的時刻
她稍一屈膝彎腰一彈
旋起一陣風
或風載浮著她

騰空、翻滾、抱膝、打轉
挺腰、抬頭、展臂、飛翔、……

任憑頂尖的跳水高手也辦不到
就是慢動作的鏡頭也比不上
她所畫上的句點美妙
沒有水花，沒有掌聲
靜靜地好像什麼都沒發生

戰士，乾杯！

是誰那麼樣地惡作劇，在
耶穌受難圖的旁邊，依序排列
日本兵
八路軍，還有
國軍的大頭像，在
好茶一個魯凱族的家，在那
香味撲鼻的月桃皮編成的牆壁上

是誰那麼樣地惡作劇，讓

那一位日本兵竟然是
那位中華民國國軍的生父
那位共匪竟然有一個兒子
當中華民國海軍陸戰隊的戰士
準備反攻大陸解救受苦的同胞

是誰那麼樣地惡作劇，匹配
母親的前夫是日本兵，後來
再嫁給共匪
而那位和日本兵生的孩子
在金門也登了天
而那位和共匪生的孩子
正踢著正步

準備三民主義統一中國

是誰那麼樣地惡作劇
盜走了他們的睡眠
六隻圓滾滾的眼睛，像
門鐶被釘在那裡
掛在深山的黑石板瓦的矮房子裡
一直，一直不曾闔上一眼
從此那燦炯炯的六隻眼睛
羅列在南極星的旁邊
一座新的星座就誕生了

仰對著和耶穌併排的戰士

我端起小米酒，張口無語久久
那話鯁在心頭，它是說：
戰士，乾杯！

注：〈戰士，乾杯！〉早年寫成小說，後編成劇本，現在又把它改成詩作。我個人覺得耶穌受難圖還有日本兵、八路軍、國軍的大頭像陳列在一起就很有意象與象徵，雖然是名詞的排列，就像天淨沙裡：枯藤、老樹、昏鴉，小橋、流水、人家……。他們那三個敵對的軍人都是一家族人，但又不是為自己的族群當兵作戰，這樣的悲劇辛酸史發生在太平洋戰爭爆發後不到三十年的時間。

本詩裡面嘗試的典故：眼睛和門鐶，那是伍子胥的民間故事，他叫人將他的眼睛釘在門板上，要看到吳王的敗亡，後來才變成門鐶，有此一說。

地點：屏東縣舊好茶。時間：一九七七年。人物：魯凱族。

騎馬舉刀的民族英雄

天啊！天——！
日復一日
我已無法創新祈求的禱告辭
話還是老話
想借助您的雷劈
將我粉碎
既然是天，應該不費吹灰之力

倘若

我一直在此如此僵斃
那您的權威又何在？

如果您吝嗇那吹灰之力
是對我的一種懲罰
那麼
即使讓我放下舉刀之臂
我都願以萬民的歡呼換取

無病呻吟

連抽幾泡菸斗
麻得忘了嘴巴長在那裡
沖了幾杯咖啡
喝得連胃也有話說
半包在杯旁的糖
竟然引來螞蟻
沒有食物的書房
那來螞蟻成千上萬
隨牠們的縱隊尋到底

竟是來自陽台外的楓樹
稿紙攤在同一桌上
苦苦等著等著
等不到字像列隊的螞蟻
來填滿稿紙
這未免太不公平了吧
用筆尖輕輕壓住一隻螞蟻
「放開我！我們才不像你
無病也想呻吟……」
我一楞，一鬆手
螞蟻一粒一粒把糖扛回去
我的稿紙啞然癱在那裡

寂寞的我

爬格子是寂寞的
卡在格子裡更是寂寞
想不寂寞最好不去想他

格子裡的驚嘆號動了一下
原來是一隻蒼蠅在搔頭弄姿
牠不寂寞

我欣賞牠

牠的生命十分精巧靈活
至少牠不寂寞

牠走進格子裡的一個「的」字上
趕走牠，牠又飛回原地
這我才發現那個「的」字是個贅字

挑出贅字
這不叫做指點又叫什麼？
啊！一字之師——蒼蠅

我驚嘆
我塗改贅字

牠停在咖啡杯的邊緣

我捲起稿紙
啪達一聲將牠打去
我絕沒有惡意

牠掉進半杯的咖啡裡
那漂浮不動的蒼蠅
讓我看到寂寞的自己

春天

冬天一臉風霜回到天上
老天爺命令天雷喚人換班
因為隔著厚厚的烏雲覆蓋地
天雷的叫聲悶在雲裡
大地沒人回應
天雷連轟帶叫數聲：
春——天——！
烏雲被驚嚇到淚下如雨

此刻的大地上
樹的嫩芽、松鼠、木耳、
伸出腿來的蝌蚪、潺潺的水流、
黃白紋蝶、野草小花、小水牛、
從冬眠醒過來的烏龜、蝸牛、
秧苗、嬰兒、白頭翁、
九彎十八拐、龜山島、
墳墓中的少女、……
他們都齊聲回答：
有———！
天雷氣得再叫：
我是叫
春——天——！

大地聽了
嚇得臉都綠了

影子

夜晚
我借路燈尋找我的影子
有一盞路燈黯然神傷
只有它沒有飛蛾在旁飛舞

我沿著路走
沿途的影子一會兒長一會兒短
親密地逗著我玩
我走到盡頭

那一襲量身訂作的影子
不見了

我往回走
我又遇見那一盞沒有飛蛾伴舞的燈
我站在底下久久
此刻我才發現
我竟然是這一盞燈的影子

一條絕句

相對於龍
蛇是一條絕句
冰潔、精鍊、現代
死不添足
而龍
你說呢？

一位在加護病房的老人

那位老人在加護病房
當透明的塑膠管，變成他
外在的氣管、食道、尿管和血管
夢與回憶的混淆使他陷入迷惘

他騎著竹馬來到加護病房
往返跑了好幾趟
他重生了好幾回
豈止三生

故鄉是一隻遙遠的搖籃
儘管他學貓的腳步移近
在舉手叩門之前
母親總是先開口：
「你回來了。」
在深夜他捧著螢火回家
在舉手叩門之前
母親又先開口：
「你回來了。」

在遙遠的故鄉
仍然可以聽到兒歌和母親的鼻息
還有荒野中的鳥叫和蟲鳴

都成為萬籟
他悄悄地在門口徘徊又徘徊
門裡的母親又先開口：
「外頭很冷，還不快點進來。」
外頭真的很冷很冷

逢石記

來到這少有人跡的山間，野草叢生
一個陌生人竟以絆倒我當著打招呼
好在他沉默不語一臉無辜
沒激我生氣

我想一定有人在此為他慟哭
因為這一塊磚頭大小的墓碑
曾被輕喚過的，曾被咀咒過的
代表這塵世間一粒塵埃的符號

在早晚路過的
雲群密密如雨的蹄點踩糊
踩糊了一線綿延的血緣祖籍和歲月
而野草隱藏了這本社會寫實的長篇
傳閱了整個山頭方圓
滋長了研讀的草本

看樣子是不會有人再來探尋
縱使有的話……
這是我一廂情願的想法
在族群和親族的記憶
他早就蒸發無餘

日落前
趕往西北的雲層引來陣陣涼風
此時空氣透膚清新
我依稀聞到笑聲
聞到發酵過的淚酸味和屍臭
想仔細確認
那喜怒哀樂陳年之後
竟變得那麼清淡近無

隨風去
低頭時只見幾根有如掉牙的菸蒂
他，其實只剩下那塊
做為墓碑是小了一點的

不見稜角的
披一襲地衣的
小小的，小小的
石頭記

圓與直的對話

在宇宙間，圓與直偶然在一次切點交會。

直輕視圓說：

「縱然一圈是百年千年，你還是在那裡繞圈子。」

「我有一個圓心，也叫做中心的東西啊！」

「什麼圓心中心不中心的，在宇宙中只有無限的前頭。」

「無限的前頭是什麼？」圓問。

「永恆啊！這也不懂。」

「你看看四周的星星，那些星座，……」

「是啊，她們始終在那裡繞圈子。」

圓突然叫起來：

「看！十點鐘的方向。」

「是一顆流星。」一直淡淡的說。

「看她飛得多快，一直向前頭……」

直一離開切點就沒聽清楚圓跟他說了什麼。

他心裡頭嘲笑圓：

「這個圓，連流星也要大驚小怪。」

紅燈下

九十九秒的紅燈
阻擋了兩排長長顯得無奈的汽車
冷風夾帶細雨斜打車體
雨刷也無奈地撥弄車窗
一個走路殘相的母親
把嬰兒反央在胸前
痙攣仰翻著托天的手掌
指頭勾了幾串玉蘭
低頭犁著凝重的空氣和濛雨

從第一部車直到後頭
一路無礙

小嬰兒哭醒
母親收回托天的手
玉蘭下垂
她勾下頭貼著嬰兒
嘴裡流出兒語：惜惜、惜惜、媽媽惜惜……
雨斜打著
她沒有無奈的雨刷
一次一次　再一次地
來回徘徊在那九十九秒的紅燈下

伊

小鎮的月台
火車來了
他走了
像一顆流星
她許了願
像一口酸梅
像一步踩空
她守著一朵花

花終究要謝落
花謝了
像一場夢
像一滴淚珠

她守著夜，整夜無語
夜終究會過去
夜走了
像一首歌
像一聲嘆息

一對早起的老伴

翻開早報訃聞廣告
未見自己的尊姓大名
撐起腰身探頭大叫
我的拖鞋呢？

你的拖鞋你的腳踩著
眼鏡就在你的額頭
阿彌陀佛
不要再把假牙和摔破的杯子一起掃掉

出去走走
要活就要動
所以才叫著活動
外頭很冷要加大衣外套

我的關節痛走不動
你要活你自己去走動
我的關節比命重
可不要再買豆漿回來害我

門一開即刻就關掉
天哪！太冷太冷了
怎麼不想活了？

阿彌陀佛！

你一句，我一句
一把年紀還能打情罵俏
真是天作之合的一對老伴
善哉！阿彌陀佛

注：
一、老人的健忘，把泡著假牙的杯子打翻地上，清掃時連著假牙和破杯子一併掃掉。
二、關節炎的人不吃豆類，特別是豆漿。

天回天

歷史上無數受到冤苦的百姓
他們的詛咒終於應驗
一夜之間
天，塌了

原來準備春耕的蘭陽平原
一塊一塊的水田將天拼湊
除了阡陌
天衣近乎無縫

雲不在天
世象在雲霧之間
候鳥找不著季節
擬化游魚悠游水田

我耳猶聞那撕喉的責告
天！你塌了吧
一股寒勁抽脊令人仰天
天回天，在俯仰之間

和蕭蕭一起玩現代詩

皇帝

凹凹凹凹凹凹凹凹凹凹凹
凹凹凹凹凹凹凹凹凹凹凹
凹凹凹凹凹凹凹凹凹凹凹
凹凹凹凹凹凸凹凹凹凹凹
凹凹凹凹凹凹凹凹凹凹凹
凹凹凹凹凹凹凹凹凹凹凹
凹凹凹凹凹凹凹凹凹凹凹

武則天

凸凸凸凸凸凸凸凸凸凸凸
凸凸凸凸凸凸凸凸凸凸凸
凸凸凸凸凸凸凸凸凸凸凸
凸凸凸凸凸凹凸凸凸凸凸
凸凸凸凸凸凸凸凸凸凸凸
凸凸凸凸凸凸凸凸凸凸凸
凸凸凸凸凸凸凸凸凸凸凸

注：此詩是看了蕭蕭先生的「大島小調」〈你也可以玩現代詩〉，見到他輕鬆可人的一面，玩興一發而作，詳情可另閱拙作〈和蕭蕭一起玩現代詩〉（收錄於《大便老師》）。

【附錄】

本書發表注記：

仰望著	1991.1.13	人間副刊
因為我是小孩	1993.12.10	人間副刊
我要當大鳥	1993.12.10	人間副刊
說一聲早	1993.1.3	人間副刊
一群小星星的秘密	2004.2.21	人間副刊
四季	1994.1.5	人間副刊
停電	1994.9.26	人間副刊
放風箏真有趣	1994.1.13	人間副刊
夜幕	2004.3.17	人間副刊
澆水	1994.1.5	人間副刊
熱帶魚和蝴蝶	1993.12.10	人間副刊
我家天天都在開畫展	1993.1.3	人間副刊
給小樟樹的話	2011.6.17	
現代哪吒	2000.9.17	聯合副刊
有一個小孩		
月夜的喜劇	2001.8.2	聯合副刊
回鄉下探病		
我有恐龍多好	1994.1.5	人間副刊
原來如此	2006.2.25	聯合副刊
茄子		未發表

釣魚	1994.1.3	人間副刊
黑夜	2000.11.1	聯合副刊
我是風	1994.9.26	人間副刊
父親慢走		未發表
蘭陽搖籃曲	1991.1.2	人間副刊
龜山島	1991.1.2	人間副刊
濁水溪	1998.10.8	聯合副刊
菅芒花	1995.12.6	人間副刊
帶父親回家	2001.6.2	聯合副刊
一把老剪刀	2005.2.2	自由副刊
九彎十八拐	2001.2.8	人間副刊
有兩種宜蘭人	2000	聯合副刊
買鹽	1991.1.13	人間副刊
國峻不回家吃飯	2004.6.20	聯合副刊

悵然大物	2000	聯合副刊
記得昨日		
一則無聊得要死的故事	2000.8.28	聯合副刊
冷氣團	2004.3.17	人間副刊
男人與女人的對話		未發表
我是台灣人		未發表
有一粒種子叫做「蘭博」	2010.9.21	
我家的五月	2005.6.1	自由副刊
深沉的嘆息——致楊儒門	2006.6.21	自由副刊
詩人把詩寫在大地上	2000.11.10	台灣副刊
致台東人	2011.9.21	
蘇花公路	2003.5.31	人間副刊
車禍	2005.11.22	
尋魂啟事	1992.3.11	人間副刊

那一位老人需要博愛座		未發表
相約武昌街	2000	聯合副刊
杯中人		
酒，久唉！	2001.1.23	人間副刊
與屍共舞	2000.12.29	聯合副刊
掉落滿地的秒針	1992.2.25	人間副刊
人造春天未發表		
單行道	2005.12.12	自由副刊
煞風景	2002.10.30	聯合副刊
傾聽	2009.10.29	
飄飄而落	2005.2.21	自由副刊
戰士，乾杯！	2005.1.19	自由副刊
騎馬舉刀的民族英雄	2011.9.1	

無病呻吟	2001.10.11	聯合副刊
寂寞的我	2001.10.11	聯合副刊
春天	2006.2.22	聯合副刊
影子		未發表
一條絕句	2001.1.23	人間副刊
一位在加護病房的老人	1999	
逢石記	2001.8.30	聯合副刊
圓與直的對話	2005.3.21	自由副刊
紅燈下	2013.3.3	聯合副刊
伊	2011.3.25	
一對早起的老伴		未發表
天回天	2001.19	聯合副刊
和蕭蕭一起玩現代詩	1999.8.4	自由副刊

國家圖書館出版品預行編目資料

零零落落 / 黃春明著 . -- 初版 . -- 臺北市：
聯合文學出版社股份有限公司，2022.05
376 面 ；14.8×21 公分 . --（聯合文叢；701）
ISBN 978-986-323-455-5(平裝). --
ISBN 978-986-323-456-2(精裝)

863.51　　111005953

聯合文叢 701

零零落落

作　　者／黃春明
發 行 人／張寶琴
總 編 輯／周昭翡
主　　編／蕭仁豪
資深編輯／尹蓓芳
編　　輯／林劭璜
封面繪圖／薛慧瑩
資深美編／戴榮芝
業務部總經理／李文吉
發行助理／林昇儒
財 務 部／趙玉瑩　韋秀英
人事行政組／李懷瑩
版權管理／蕭仁豪
法律顧問／理律法律事務所
陳長文律師、蔣大中律師
出 版 者／聯合文學出版社股份有限公司
地　　址／(110)臺北市基隆路一段 178 號 10 樓
電　　話／(02)27666759 轉 5107
傳　　真／(02)27567914
郵撥帳號／ 17623526 聯合文學出版社股份有限公司
登 記 證／行政院新聞局局版臺業字第 6109 號
網　　址／http://unitas.udngroup.com.tw
E-mail:unitas@udngroup.com.tw
印 刷 廠／鴻霖印刷傳媒事業有限公司
總 經 銷／聯合發行股份有限公司
地　　址／(231)新北市新店區寶橋路235巷6弄6號2樓
電　　話／(02)29178022

出版日期／ 2022 年 5 月　初版
定　　價／ 500 元

ISBN 978-986-323-456-2（精裝）